SUCCESSION
de MME V^E LENOIR

TROISIÈME PARTIE

DIAMANTS

BIJOUX, ÉVENTAILS

COMMISSAIRES-PRISEURS :

Me BOUSSATON, 39, rue de la Victoire.
Me CHARLES PILLET, 10, rue de la Grange-Batelière.

EXPERTS :

M. CHARLES MANNHEIM,
7, rue Saint-Georges.

M. FÉRAL, Peintre,
23, rue de Buffault.

1874

CATALOGUE

DES

DIAMANTS

BIJOUX, ÉVENTAILS

Dépendant de la Succession de Mme Ve LENOIR

DONT LA VENTE AURA LIEU

HOTEL DROUOT, SALLE N° 8

Les Mardi 26, Mercredi 27
Jeudi 28, Vendredi 29, et Samedi 30 mai 1874

A DEUX HEURES

PAR LE MINISTÈRE DE Me **BOUSSATON**, COMMISSAIRE-PRISEUR
39, rue de la Victoire

ET DE Me **CHARLES PILLET**, SON CONFRÈRE
10, rue de la Grange-Batelière

ASSISTÉS DE M. **CHARLES MANNHEIM**, EXPERT
7, rue Saint-Georges

EXPOSITIONS

PARTICULIÈRE, le Samedi 16 mai 1874
PUBLIQUE, les Dimanche 17 et Lundi 25 mai 1874

DE UNE HEURE A CINQ HEURES

CONDITIONS DE LA VENTE

Elle sera faite au comptant.

Les adjudicataires payeront CINQ POUR CENT en sus des enchères.

L'exposition mettant le public à même de se rendre compte de l'état des objets, il ne sera admis aucune réclamation une fois l'adjudication prononcée.

DIAMANTS

BIJOUX, ÉVENTAILS

DIAMANTS ET BIJOUX

100 à 102. — Rivière composée d'un triple rang de brillants (ensemble cent trois pierres); le fermoir est formé d'une opale entourée de brillants. Cette rivière sera divisée.

103. — Grande Broche ou plaque de corsage formée d'un nœud de ruban avec feuillages et pendilles montés de brillants.

104. — Deux Pendants d'oreilles formés chacun d'un bouton en brillant et d'une pendeloque poire, reliés par une rosace à laquelle sont appendues deux pendilles.

105. — Deux petites Broches formées chacune d'un gros brillant entouré de huit brillants plus petits.

106. — Quatre petites Broches formées chacune d'une marguerite en brillants.

107. — Croix de col montée de brillants entourés de roses.

108. — Deux très-petites Broches montées chacune de sept brillants.

109. — Bracelet composé de quatre rangs de perles avec fermoir formé d'une émeraude entourée d'un rang de brillants et de sertis en roses.

110. — Bracelet composé de quatre rangs de perles et fermoir formé d'une plaque ovale ornée au centre d'une émeraude carrée, entourée d'un rang de beaux brillants et d'une résille de roses ; à ce fermoir est appendue une émeraude entourée de diamants.

111. — Collier composé de seize émeraudes et de cinq pendeloques aussi en émeraude, entourées et reliées par des brillants.

112. — Deux Pendants d'oreilles composés chacun d'un bouton et d'une pendeloque en émeraudes entourées de brillants.

113. — Grande Broche montée de neuf émeraudes entourées de feuillages et d'ornements exécutés en diamants.

114. — Broche de forme oblongue, montée de neuf émeraudes entourées d'ornements exécutés en diamants.

115. — Collier composé de vingt-huit rubis entourés de diamants, auquel est appendue une petite croix ornée.

116. — Bracelet en or, enrichi de rubis et de diamants.

117. — Grande Broche de forme oblongue, montée de rubis et de diamants, avec une petite plaque ornée de même et reliée par trois chaînons.

118. — Deux Pendants d'oreilles, ornés chacun de deux rubis entourés de brillants et de roses.

119. — Deux Épingles de coiffure, formées chacune d'une double rosace ornée d'un rubis entouré d'un double rang de diamants et reliées par un brillant.

120. — Broche ovale ornée de cinq rubis et d'un double rang
de brillants.

121. — Broche analogue à celle qui précède, mais plus petite.

122. — Deux jolies Broches, formées d'un rubis entouré de
six brillants.

123. — Médaillon en forme de cœur, monté de rubis et de
diamants.

124. — Médaillon analogue au précédent, beaucoup plus
petit.

125. — Collier monté de dix-sept turquoises entourées de
brillants et reliées par des feuillages en diamants;
la pendeloque centrale est enrichie de trois pendilles.

126. — Grande Broche ou plaque de corsage, montée de cinq
turquoises et entourée de brillants.

127. — Broche ovale, montée en or et ornée de cinq turquoises et d'un double rang de brillants.

128. — Deux Pendants d'oreilles, ornés chacun de deux turquoises entourées de brillants et reliées par un
brillant.

129. — Bracelet formé d'un serpent en or et turquoises; la
tête est enrichie de roses.

130. — Médaillon ovale en or, enrichi de turquoises et de
demi-perles.

131. — Deux Pendants d'oreilles de même travail.

132. — Parure en or, pavée de turquoises, composée de deux petites broches, deux dormeuses et deux épingles de coiffure.

133. — Petit Collier en or émaillé noir et turquoises avec pendant enrichi d'un diamant.

134. — Petit Médaillon en forme de cœur en or, monté de turquoises et de diamants.

135. — Broche formée d'un double rang de brillants.

136. — Broche formée d'un rang de brillants et de deux rangs de perles fines.

137. — Broche formée d'une grande améthyste taillée à degrés et offrant sur son plat le portrait de l'impératrice Eugénie, peint sur émail et sur or, et enrichi de roses incrustées. La monture en or émaillé noir est rehaussée de roses, de brillants et de demi-perles.

138. — Grande Broche en or ciselé et émaillé bleu, enrichie de diamants et de perles fines, et garnie de chaînettes et de pendilles.

139. — Broche formée d'entrelacs en or ciselé et à filets d'émail bleu enrichie de diamants et de perles fines.

140. — Broche ovale formée d'une perle entourée d'un double rang de brillants et de petites roses.

141. — Cinq petites Broches ornées chacune d'une belle perle entourée d'un double rang de brillants.

142. — Deux Dormeuses ornées chacune d'une perle fine entourée d'un double rang de brillants.

143. — Belle Broche formée d'une rosace surmontée d'un
nœud de rubans et terminée à sa partie inférieure
par une pendeloque; le tout exécuté en diamants
et roses, et monté en or.

144. — Deux Perles-poires entourées d'un rang de brillants,
avec attache ornée d'un brillant.

145. — Bracelet formé de chaînettes d'or, travaillées au gre-
netis, avec fermoir formé d'un camée sur sardo-
nyx oriental à trois couches, entouré d'un rang de
brillants.

146. — Bracelet en or, orné de deux rangs de perles fines;
l'entre-deux est formé de feuillages en brillants et
d'une émeraude entourée de brillants.

147. — Broche en forme de papillon, montée de brillants, de
rubis et d'émeraudes.

148. — Petite Broche ornée au centre d'un diamant jaune
monté sur un treillage à jour, ornée de roses et
entourée d'un rang de brillants.

149. — Petite Broche ronde en forme de rosace à rayons en
roses et entourage de perles fines; une perle orne
également le centre de la rosace.

150. — Bracelet en or émaillé noir, enrichi d'un rang de brillants montés en esclavage.

151. — Attache de médaillon enrichie de diamants.

152. — Chaîne de col ornée de trente-deux perles reliées par
des tigettes d'or enrichies de roses.

153. — Petite Châtelaine émaillée bleu, enrichie de roses et garnie de glands de perles; elle est accompagnée d'une montre en or émaillé, avec chiffre et entourage en roses et poussoir en diamant.

154. — Châtelaine en or, avec montre émaillée gros bleu, avec chiffre et rosace en roses et demi-perles.

155. — Épingle ornée d'un saphir entouré de petits brillants.

156. — Chaînette garnie de cinq rosaces en diamants.

157. — Médaillon ouvrant, en or, à ornements gravés et repercés à jour, enrichi de trois perles fines et de roses, et appendu à une chaîne en or.

158. — Bracelet en or, avec appliques, orné d'un camée tête de négresse, enrichi de roses et entouré de rubis et diamants.

159. — Broche formée d'un papillon dont le corps est émaillé noir et dont les ailes sont pavées de diamants et de rubis.

160. — Plaque et Fermoir de collier. La plaque, de forme ronde, en or gravé, est enrichie de diamants et de deux perles fines dont une forme poire; le fermoir est orné de trois saphirs entourés de brillants.

161. — Broche de forme oblongue, ornée d'une émeraude entourée de brillants et de roses.

162. — Petite Broche en forme d'abeille, exécutée en perle fine, émeraude, rubis et roses.

163. — Épingle analogue à la broche précédemment désignée, enrichie d'une opale et d'un brillant.

164. — Ciseaux avec gaîne et chaîne; le tout en or.

165. — Fermoir de bracelet orné d'une miniature, portrait
de femme, monté en or et enrichi de demi-perles.

166. — Collier en or auquel sont appendus cinq médaillons
dont deux en or émaillé et enrichis de roses.

167. — Parure composée d'un médaillon et de deux pendants
d'oreilles en or gravé et découpé, à fond d'émail
bleu, enrichie de miniatures entourées de petites
perles fines.

168. — Bracelet en or, avec feuillage émaillé vert, enrichi
de demi-perles et orné d'un médaillon peint sur
émail (groupe de deux figures).

169. — Bracelet en or, à chaîne gourmette, et Médaillon en
or émaillé noir, enrichi de turquoises et renfermant
une montre de dame.

170. — Bracelet en or, à chaîne plate, et Médaillon rond à
ornements gravés sur fond d'émail bleu.

171. — Bracelet en or, formé d'une chaîne gourmette.

172. — Bracelet en or, simulant une manchette, fermée par
trois boutons de corail rose, ornés chacun d'un
petit brillant.

173. — Bracelet composé de sept chatons d'agate herbori-
sée, monté en or, à filets d'émail bleu et entouré
de perles fines.

174. — Bracelet en or garni de neuf petites plaques de
lapis.

175. — Bracelet composé de six plaques ovales en lapis, avec
monture à chaînette en or.

176. — Bracelet en or uni.

177. — Chaîne Léontine en or, à laquelle est appendue une
montre de Caudron, avec cachet et clef.

178. — Médaillon en or, renfermant une miniature, portrait
de femme, deux cachets, une clef et un médaillon
ornés de lapis, et une longue chaîne rattachée à un
crochet de cuivre. Ce lot sera divisé.

179. — Collier en or, auquel sont appendues sept petites
médailles de l'Immaculée-Conception.

180. — Broche et deux Épingles de coiffure, formées de
grappes de raisin en perles fines, et feuillage
émaillé vert.

181. — Petit Bracelet en perles fines, avec fermoir orné
d'un saphir entouré de roses.

182. — Deux Bracelets en perles fausses, avec fermoirs
entourés de demi-perles, l'un d'eux orné de miniatures, l'autre orné d'attributs en perles.

183. — Petit Médaillon en or, avec entourage de demi-
perles.

184. — Bracelet en or et grenat.

185. — Bracelet formé de cinq petites mosaïques de Rome,
montées en or.

186. — Bracelet composé d'onyx d'Allemagne, monté en or.

187. — Collier en or ciselé, orné de douze belles améthystes.

188. — Parure composée d'un collier, de deux broches et deux pendants d'oreilles en améthyste avec monture en or ; les pendants d'oreilles sont enrichis chacun d'un bouton en brillant.

189. — Deux Bracelets avec chaton en améthyste, montés en cuivre.

190. — Peigne en écaille, orné de feuilles en diamant, et enrichi d'une émeraude et de deux rangs de perles fines.

191. — Peigne en écaille, garni en or, et enrichi de turquoises.

192. — Demi-Parure composée d'une broche et de deux pendants d'oreilles en or découpé à jour et lapis.

193. — Châtelaine en acier, avec médaillon rapporté en or gravé et médaillon en or à double face, renfermant deux portraits d'enfants peints en grisaille.

194. — Croix en or ciselé et repercé à jour.

195. — Deux Fermoirs de collier et une Attache de médaillon, montés de brillants, roses et perles fines.

196. — Collier en grenat, auquel est appendue une croix en or ciselé et améthyste.

197. — Châtelaine en cuivre doré et une Cassolette en forme d'œuf, en argent doré, renfermant un dé en or.

198. — Boucle de ceinture en or ciselé et turquoise.

199. — Petite Cassolette ouvrante et un petit Bracelet en or.

200. — Demi-Parure composée d'une broche et de deux pendants d'oreilles en améthystes, or, et perles fines.

201. — Six paires de Boutons doubles, en corail rose, en forme de fleurs.

202. — Petite Broche en forme de nœud, montée de diamants.

203. — Bracelet et Broche en or, avec chiffres et parquet de cheveux.

204. — Broche et deux Boutons de manchette en mosaïque et montés en or.

205. — Flacon de poche avec bouchon en or, plus une Bonbonnière en écaille posée d'or, et Médaillon chiffré.

206. — Bague en or avec chaton orné d'un rubis entouré de brillants.

207. — Bague ornée d'une émeraude de forme oblongue, entourée de brillants.

208. — Bague ornée d'un rubis entouré de brillants.

209. — Bague en or ornée de trois rubis et de quatre brillants.

210. — Deux Bagues en or, l'une ornée d'une mosaïque de Rome (chien couché), l'autre avec plaque de lapis.

211. — Bague en or ornée d'un saphir, d'un brillant et d'un rubis.

212. — Bague ornée d'une turquoise entourée de brillants.

213. — Deux Bagues en or, avec chiffre et parquet de cheveux.

214. — Bague en or ornée de trois turquoises entourées de
brillants.

215. — Bague en or montée de cinq brillants.

216. — Bague en or, avec chaton forme cœur, en opale
entouré de brillants.

217. — Bague en or ornée d'une turquoise entourée de brillants.

218. — Bague ornée de quatre rubis entourés de brillants.

219. — Bague en or, avec chaton orné d'une émeraude
entourée de brillants.

220. — Bague en or ornée d'un diamant ovale entouré de
petits brillants.

221. — Deux Bagues, l'une en or émaillé avec chaton formé
d'un grenat cabochon, l'autre ornée d'une turquoise forme cœur surmonté d'une flamme en
roses.

222. — Bague en or avec chaton ovale pavé de diamants.

223. — Bague marquise en or ornée de roses appliquées sur
verre bleu.

224. — Bague en or ornée d'un brillant rapporté sur fond
d'émail bleu.

225. — Bracelet en or ciselé, formé de soleils dont le centre est orné d'un diamant table, et reliés par des petites fleurs de lis ; une petite Croix en or et diamant est appendue à ce bracelet, qui date du temps de Louis XIV.

226. — Parure composée d'une broche et deux pendants d'oreilles en or ciselé de style Louis XVI.

227. — Agrafe de ceinture formée de deux plaques rondes en émail, peintes en grisaille sur fond rose, avec monture en or de couleur, ciselé, de style Louis XVI.

228. — Collier Louis XIII, avec cœur et croix en filigrane d'or et perles fines.

229. — Bague Louis XV, en or, enrichie de roses ; deux Cœurs couronnés.

230. — Bague Louis XIV, en or émaillé, ornée d'un nicolo.

231. — Bague Louis XV, avec chaton orné d'une miniature portrait de femme.

232. — Collier du temps de Louis XIII, en or émaillé, à fleurs sur fond noir et à entre-deux à rubans repercés à jour et ornés de petits rubis.

233. — Parure composée d'un collier, de deux broches avec pendants et de deux dormeuses formées de plaques d'écaille incrustées de corbeilles de fleurs et d'attributs en or gravé, avec monture en or.

234. — Parure en or et rubis, composée de deux pendants d'oreilles, une broche et deux épingles de coiffure. Époque Louis XIII.

235. — Chapelet formé de boules de grenat, monté en or et
garni d'une cassolette et d'une croix.

236. — Trois petites Statuettes émaillées ; l'une d'elles, représentant la Vierge debout, est en or émaillé.

237. — Bijou en forme de portail de chapelle, en or ciselé,
enrichi de pierreries, et offrant au centre une perle
suspendue à une chaînette sur laquelle se trouve un
petit bas-relief d'or représentant la sainte Fa-
mille.

238. — Épingle formée d'un buste de négrillon à tête en
argent émaillé ; et dont le corps, formé d'une
coque de perle, est entouré d'ornements d'argent
et enrichi de pierreries. Époque Louis XIII.

239. — Deux pièces : petite Croix en or et Médaillon en or
émaillé renfermant une sainte Face.

240. — Trois pièces en argent, dont deux en filigrane formant étui et cassolette, forme cœur, et la troisième
gravée, en forme d'œuf.

241. — Boîte de forme contournée, en argent gravé. Le couvercle est orné d'un portrait de Louis XV peint sur
émail.

242. — Boîte analogue à celle qui précède. Celle-ci est ornée
du portrait du maréchal de Saxe peint sur émail.

243. — Boîte ronde en cuivre doré et écaille. Le couvercle est
orné d'une miniature, portrait d'Anne de Bre-
tagne.

244. — Boîte à cure-dents, en ivoire, garnie en or et ornée
d'une petite miniature, jeux d'enfants. Époque
Louis XVI.

245. — Boîte ou bonbonnière en porcelaine de Saxe décorée
de sujets de personnages.

246. — Couvert composé d'une cuiller, d'une fourchette et
d'un couteau à manches en corail sculpté à ornements, et montés en argent doré.

247. — Tabatière écossaise en corne, avec monture en
argent enrichie de topazes et autres pierres, et
accompagnée de divers ustensiles en argent rete-
nus par des chaînettes.

248. — Grande Broche en or repoussé, ornée d'un scarabée
égyptien en terre émaillée bleu monté sur pivot, et
garnie de pendeloques en prime d'émeraude,
retenues par des chaînettes.

249. — Flacon en lapis avec bouchon en or, formant cachet.

250. — Deux Cachets à manches en lapis et montures en or
ciselé et gravé.

251. — Flacon en lapis avec bouchon en or ciselé et gravé.

252. — Petite Broche formée d'une plaque ovale de lapis-
lazuli montée en or, à chaînette.

253. — Broche formée d'une plaque de malachite, montée en
or et entourée de demi-perles.

254. — Jolie Épingle formée d'un buste de négrillon en sar-
donyx oriental avec nœud et couronne en roses et
écharpe ornée de rubis et garnie d'une petite
perle fine. Époque Louis XV.

255. — Épingle analogue à celle qui précède, mais moins
riche.

256. — Grande Broche ovale, formée d'une miniature en grisaille sur ivoire, par De Gault, représentant la marche de Silène. Monture en argent ciselé, doré et oxydé.

257. — Petite Broche formée d'un lézard en or gravé et rubis.

258. — Grande Broche carrée à angles arrondis, formée d'une peinture sur porcelaine, représentant la Vierge à la Chaise, d'après Raphaël. Monture en or et demi-perles.

259. — Broche en or émaillé offrant une figure de Vierge rapportée sur un fond rayonnant entouré de perles fines. Au-dessous de la figure on lit : *Ave Maria*.

260. — Belle Parure en corail rose formée de branches de vigne et d'insectes finement sculptés. Elle se compose d'un bracelet, d'une broche et de deux pendants d'oreilles.

261. — Deux pièces: Épingle formée d'un parquet de cheveux monté en or et entouré de demi-perles, et petit Flacon en cornaline monté en or.

262. — Croix en cornaline, suspendue à une chaînette d'or.

263. — Deux pièces : Chapelet en corail monté en argent et Collier en ambre.

264. — Médaillon en onyx, avec chiffre et monture en or.

266. — Deux Bagues en or ciselé, l'une ornée d'une demi-
perle et l'autre d'une branche de fleurs.

267. — Divers bijoux montés de strass.

268. — Broche d'or ornée d'une miniature sur ivoire, portrait
d'homme.

269. — Broche formée d'une peinture en grisaille sur fond
bleu, montée en or.

270. — Chaîne de col et binocle en or avec coulant orné de
turquoises.

271. — Trois Médailles en argent.

272. — Étui en galuchat, renfermant quatre flacons en cristal
montés en or.

ÉVENTAILS

273. — Bel éventail Louis XV, à riche monture en nacre de
perle gravée, à figures et ornements et à montants
ornés de petites miniatures. La feuille peinte repré-
sente un sujet tiré de l'histoire romaine.

274. — Petit Éventail en vernis de Martin, décoré d'un sujet
tiré de l'histoire de Don Quichotte.

275. — Éventail Louis XVI, avec monture d'ivoire sculpté,
rehaussée d'or, et feuille peinte et brodée à
figures et attributs.

276. — Éventail à monture d'ivoire et nacre de perle à montants d'ivoire, finemen. sculpté à figures et orne-

9 782329 378503